鳥の王

Král o ptácích

mantam

SHOBUNSHA

マンタム

鳥の王

空は見た目は変わらないがそれでもそこに
鳥の姿を見ることはなくなってしまった。

かつて空を覆い尽くしていた鳥のそのほとんどが地上に墜ち
墜ちた鳥はヒトによって焼かれて海に流されてしまったからだ。

彼は鳥の王だ

わずかに残された誇り高い空の支配者の末裔だ。

残されたわずかな同胞を守り　未来に子孫を残すために
鳥の中から生み出された王だった。

彼は生まれた時からそのことを理解していて
そのために耐え成長した。

すでに飛べる空は限られていてそれも
風向きなどの条件でめまぐるしく変化した。

その刹那は大丈夫でも飛べない空に少しでも触れると
やがて羽は動かなくなり失速して墜落してしまう。

彼らの薄くて軽い骨格は落下の衝撃に簡単にひしゃげ
脳や内臓を大地に撒き散らした。

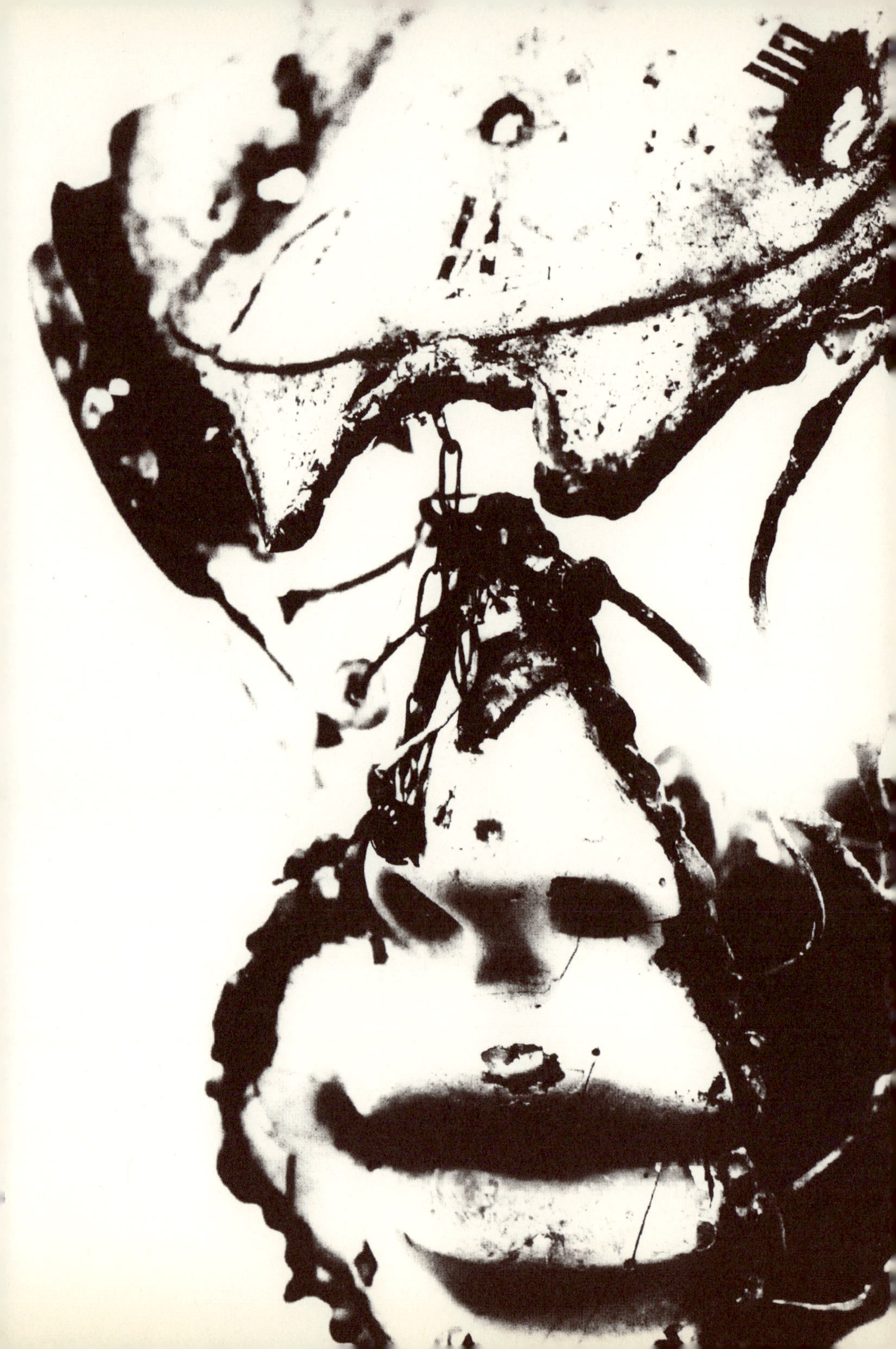

どうして飛べない空になってしまったのか
それは明確な一つの理由からではなかったが
毎日夥しい数の鳥が空から墜ちてきた。

道路も海も鳥の死骸で埋もれた。

死骸は腐り千切れた羽根が宙を舞う。

それでもなにも変わらない。

それは人間や人間が自らの都合で作り出した
ものとは関係ないこととされ
たまたま同時期に彼らの遺伝子が限界に達し
ついに環境に適応できなくなったからだと
説明されていた。

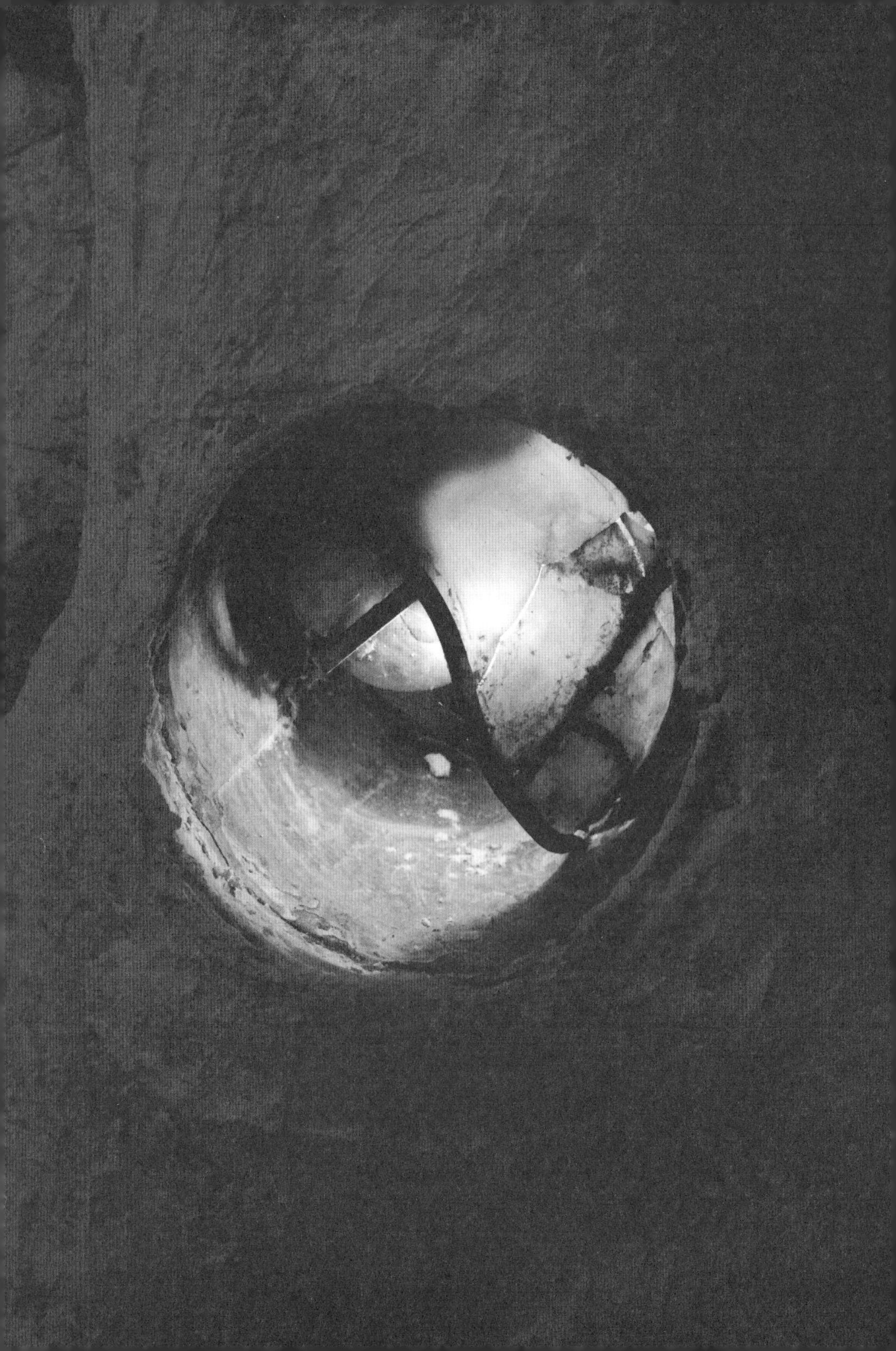

そもそも食べるためだけに飼育された
飛ばない鳥には影響は無く
ただ空を飛ぶだけの鳥がどれだけいなくなっても
ヒトの生活になんの支障があるだろうと言われると
目の前のただならない現実を究明し 理解するより楽だったので
誰もがそう信じたくて仕方がなかったのだ。

鳥の死骸は何度かにわけてまとめて
焼却されると灰はそのまま海に撒かれた。

その灰が海の色を変えるほど
海に撒かれたのだが
それでも誰も顧みる者はいなかった。

いや　いないわけではなかったが
その少年には声がなかった。

楽器を奏で黄昏の空を飛ぶ鳥の鳴き声に合わせて
声を出すことが彼の唯一の存在理由だったが
鳥がいなくなったことでその声すら
出せなくなってしまっていたのだ。

もともと誰にも顧みられることの無かった少年は
楽器を片手にそれでもまだ生きているわずかな鳥を探して
海辺を彷徨っていたのだ。

彼の手元には楽器があるだけで海が汚れていくのを
ただ見守ることしかできなかった。

それでもその汚れた海のために
楽器を奏でる気持ちにはなれなかった。

少年の眼にはもう鳥ではなく
ただの汚れた灰としか映らなかったからだ。

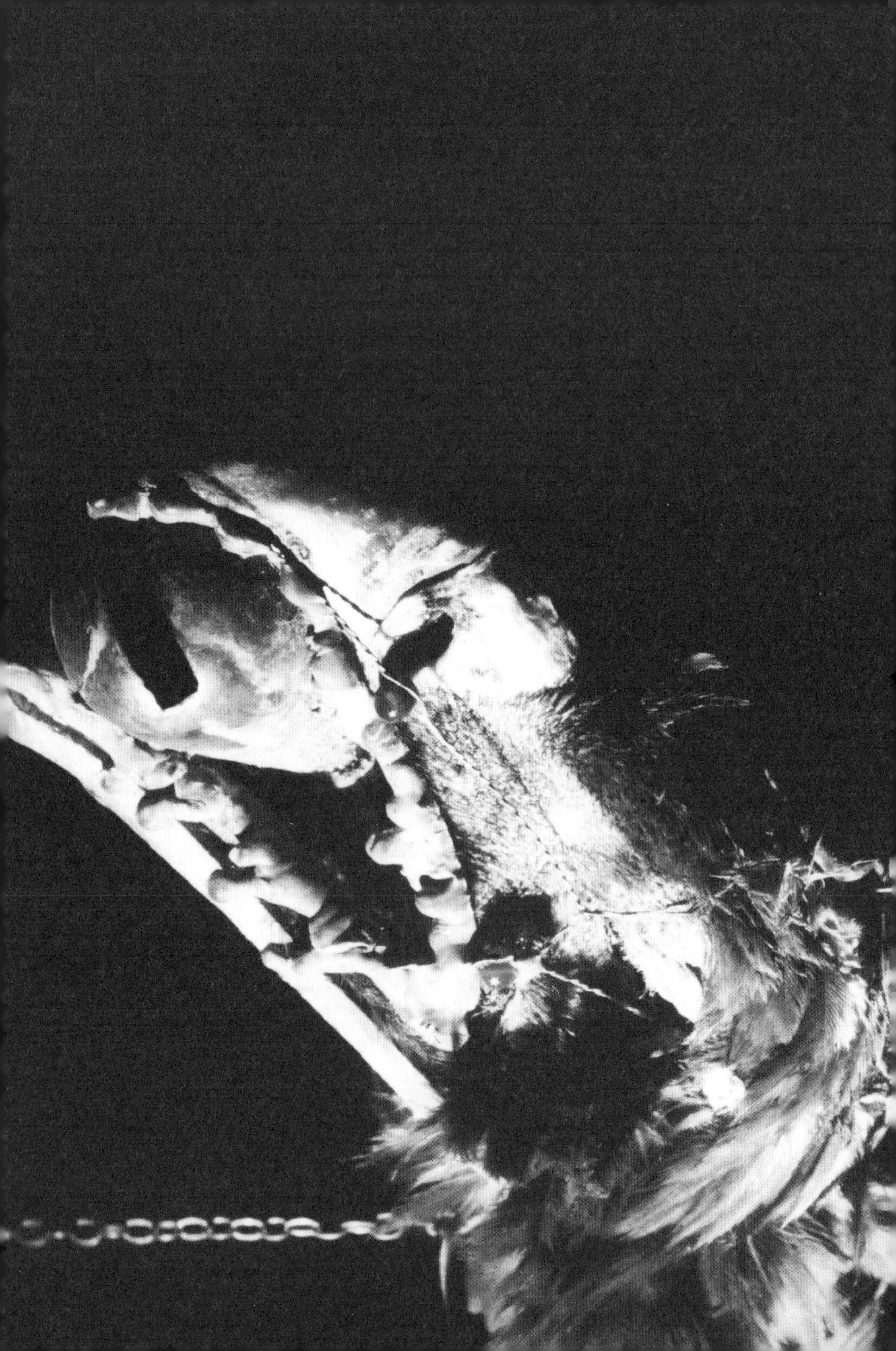

かつて少年は甲高い声で鳥の声を真似ていた。

声で追えない部分は楽器でそれを補った。

少年の声と楽器の音色に多くの鳥が反応することが
彼にとって唯一で最大の幸福だった。

もともと何処にも居場所はなくて
少年の姿は誰の眼にも映らないかのようだった。

でも多くの鳥はその声で彼を同胞と認め
そんなに近づくことも一緒に旅をすることもなかったが
少年の存在をちゃんと認識していた。

鳥の王も少年のことを認識し理解もしていた。

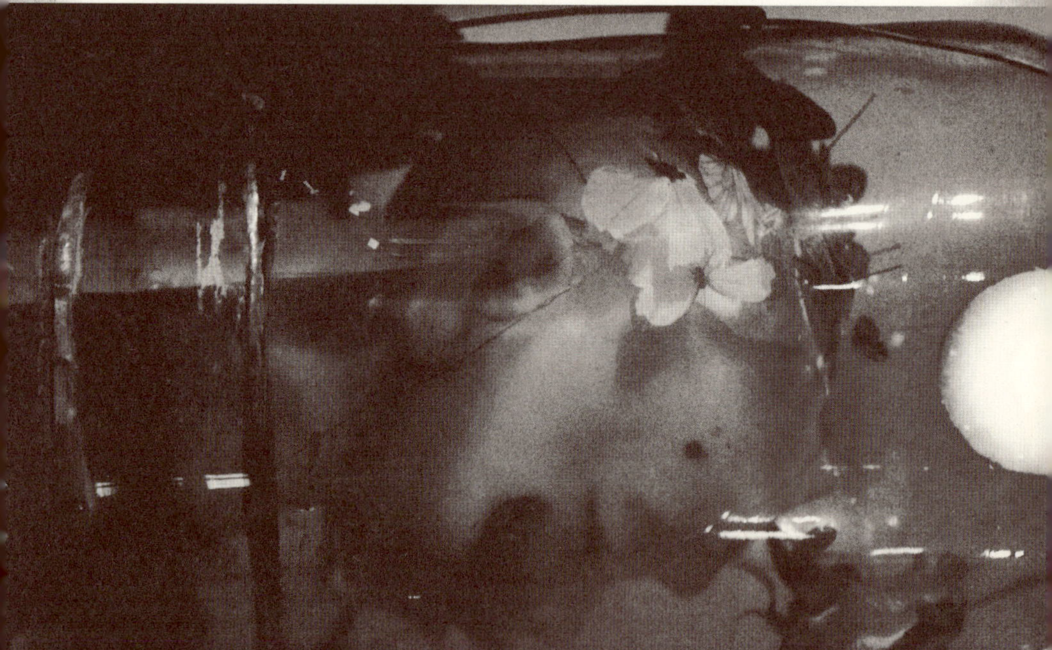

鳥の王がはじめて少年を見たときには
すでに彼はあまり唄わなくなっていたが
それでも少年を認識できたのは
多くの鳥達と情報を交換していたからで
その大半は匂いと音とある種の電磁波から
成り立っていた。

少年の情報も音と匂いに変換されて
多くの鳥達に伝えられていたのだ。

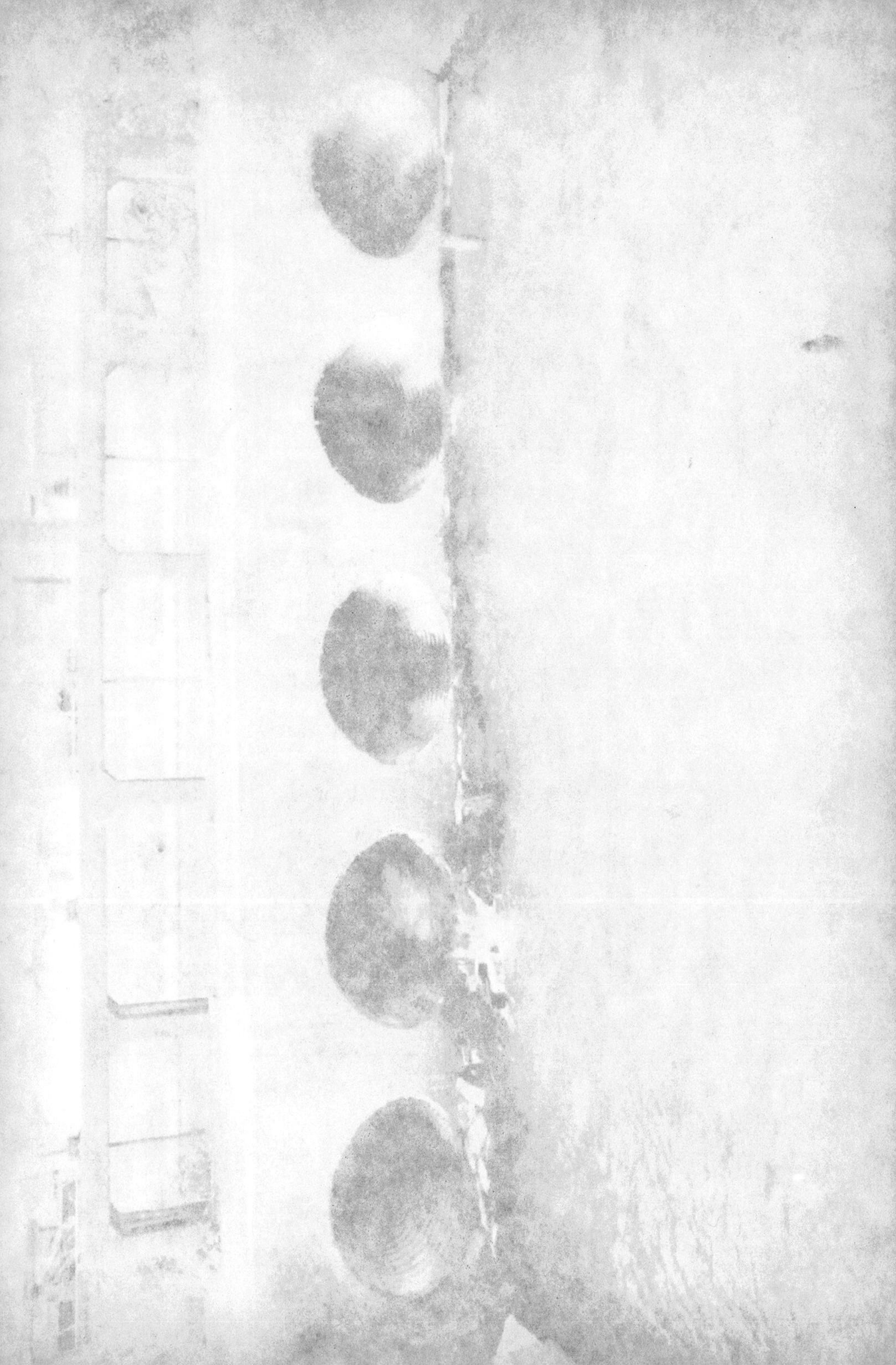

鳥はこの世界の全てをそのようにして
把握し共有して生きてきたのだ。

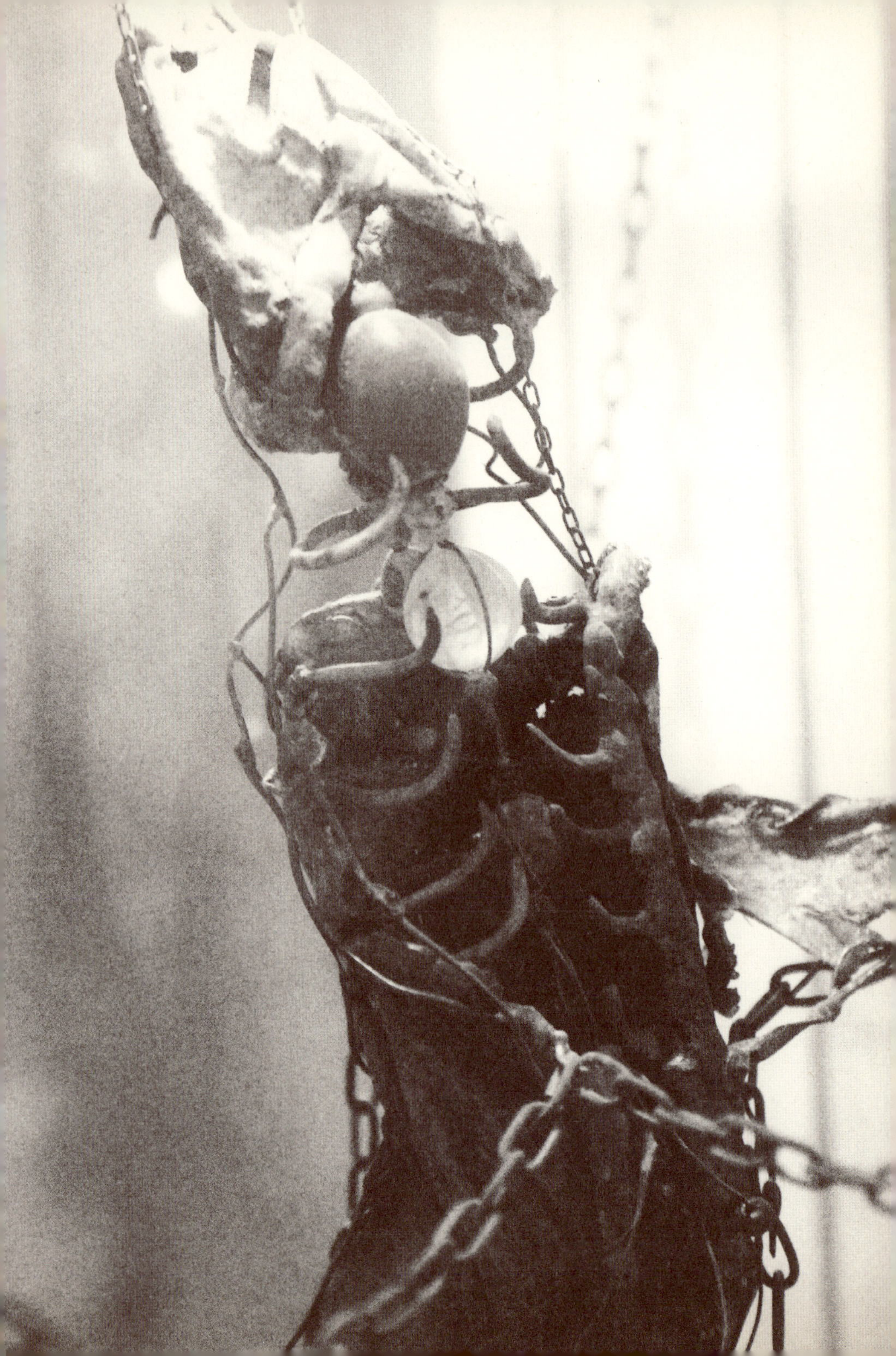

彼らは人間とは全く違う方法で
世界を把握し空を支配し続けていたのだ。

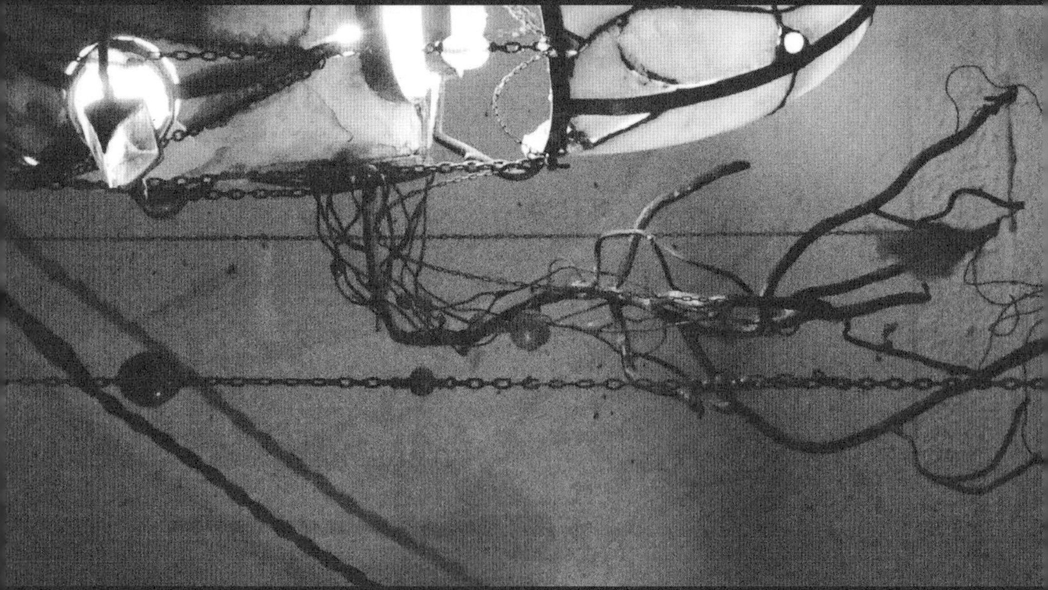

言い方を変えればそれまでの彼らにとって
人間など取るに足らない存在だった。

どれだけ勢力を伸ばそうとも
地上に張り付いている限り脅威ではなく
限られた環境でしか生存できない
貧弱で惨めな存在でしかなかったからだ。

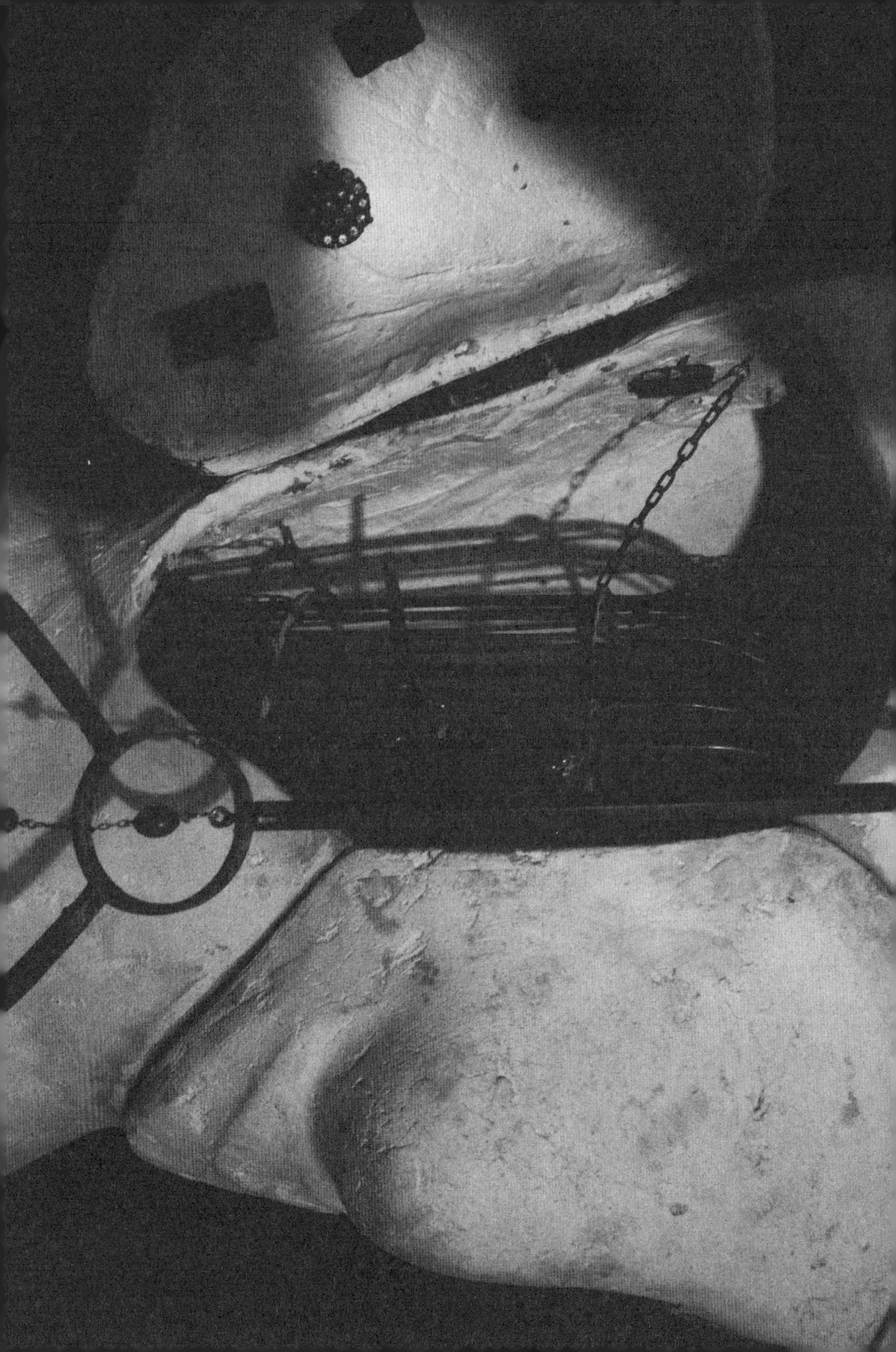

少なくとも空が飛べなくなるまでは。

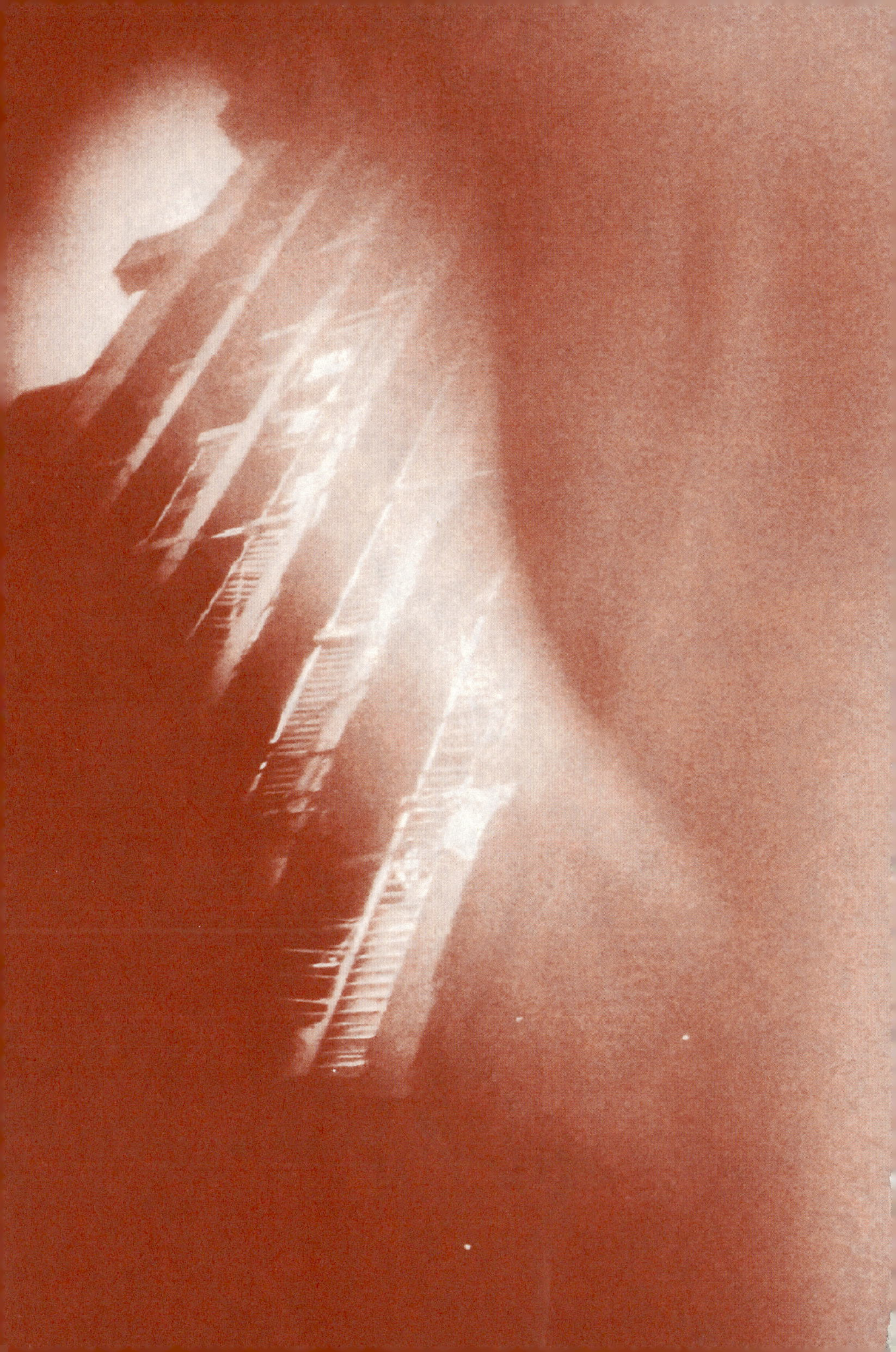

鳥の王はそれでもまだ安全な
ヒトが住むことができない
凍てついた空に残った仲間達を
集めていたがそこに少年を
連れて行くことはできなかった。

少年は飛ぶことができなかったし
匂いや音を使ってもうまく情報が
伝えられなかったからだ。

それでも少年にも彼が鳥の王だということは
わかってはいたがそれまでのどの鳥よりも
複雑で巧みに鳴くことができる鳥の王の真似は
容易ではなく王の鳴き声の意味が
理解できなかったのは仕方のないことだった。

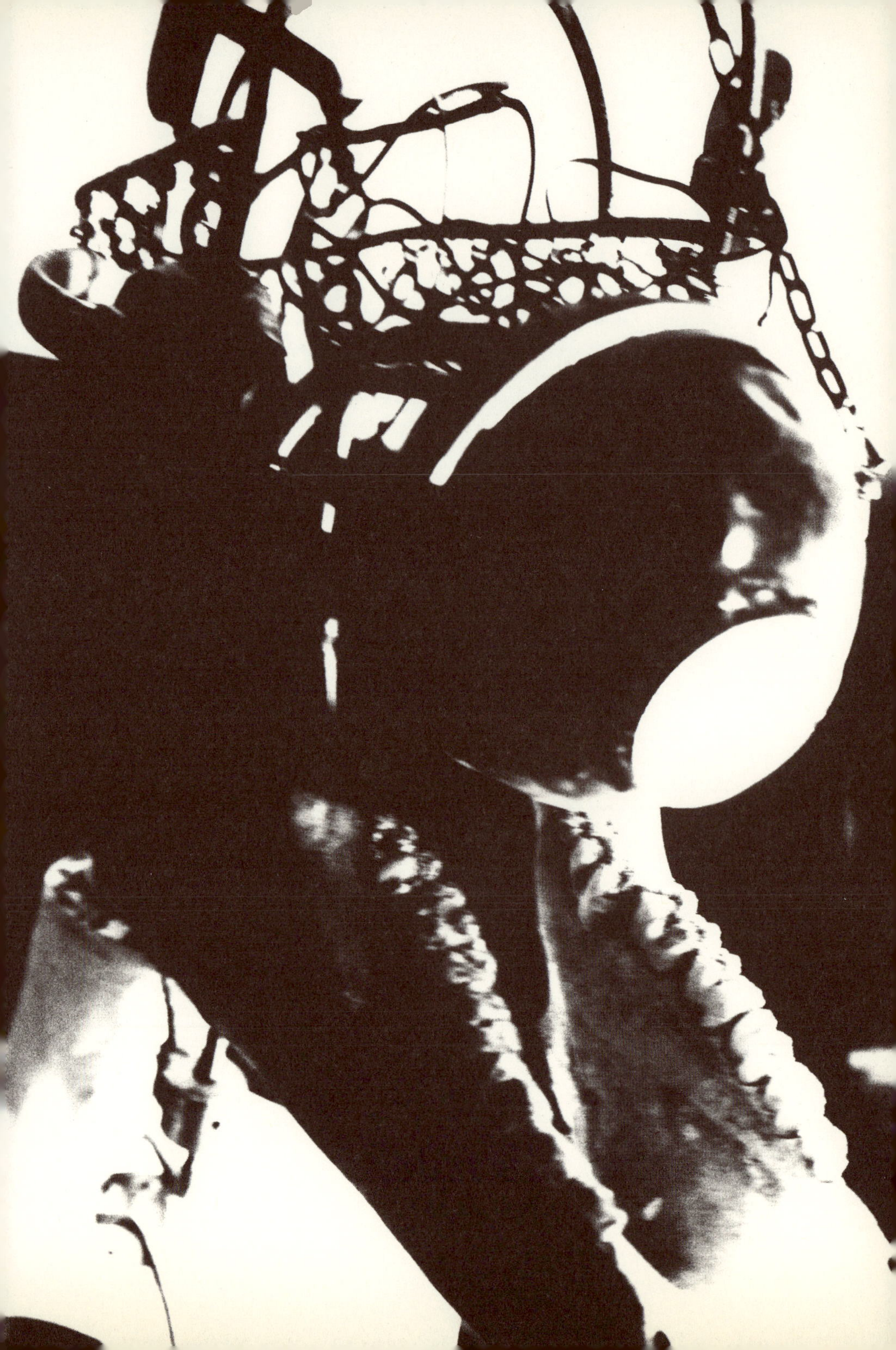

鳥の王は飛べる限りの空を飛んで
まだ生きている仲間を探していた。

もちろん王にも飛べない空の影響はあったが
彼は生まれた時点で死ぬことができない存在だったので
羽が動かなくなるようなことはなかったのだ。

でもそれは死なないというだけのことで
飛べない空は王の体をゆっくり蝕み
破壊しはじめていた。

王の内臓は焼けただれ　血肉は溶けて
皮膚の破れたところから腐汁となって
流れ落ちた。

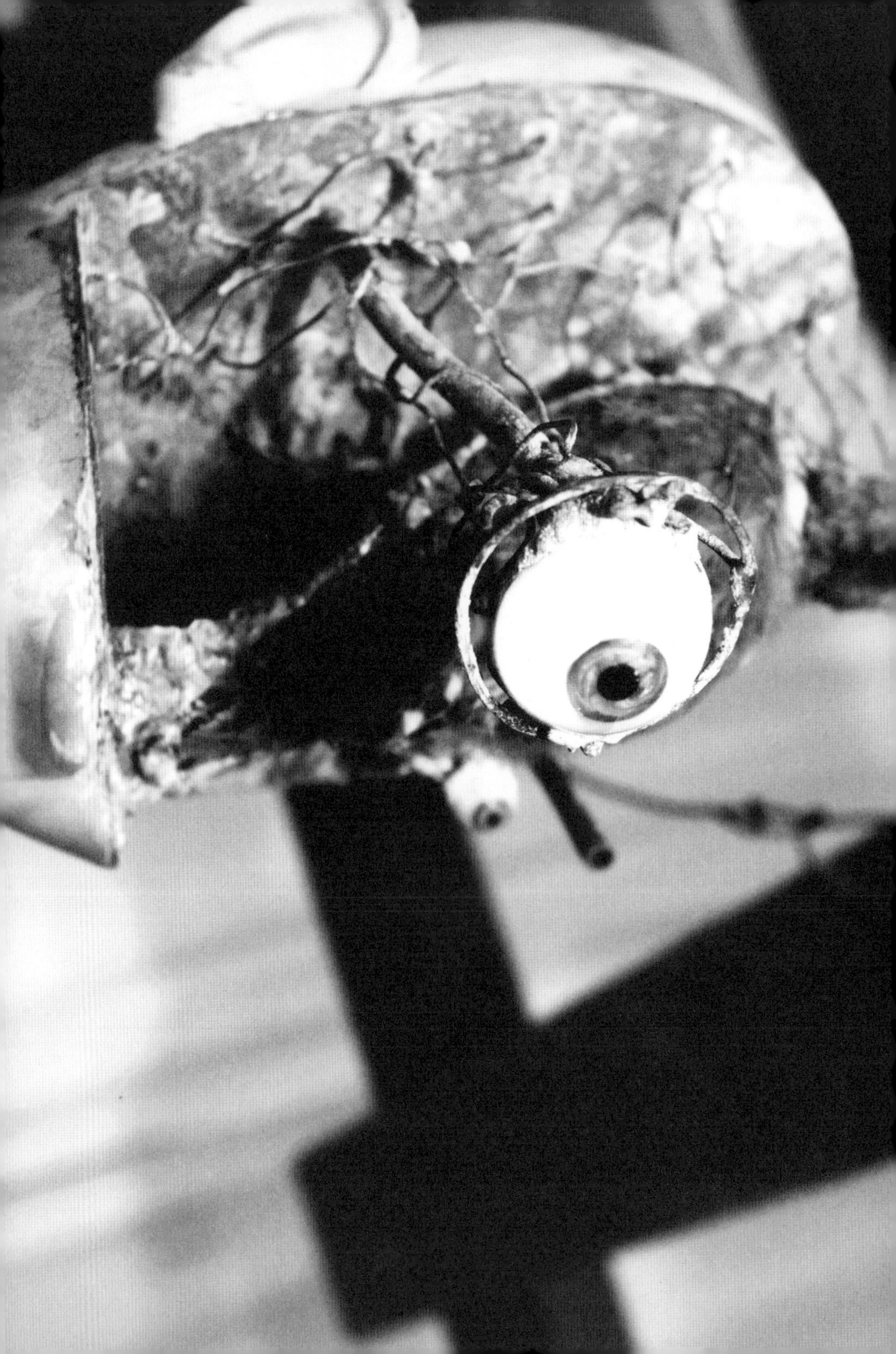

肉を失った羽はギシギシと嫌な音を
たてるばかりで思うようには動かず
かつてのように複雑な声で鳴くことも
できなくなっていた。

残っていた8643の同胞を
全て凍てついた空へと
送り届けたあと
最後に残された同胞は
飛ぶことのできない
少年だけになった。

少年を凍てついた空の下に
送り届けることは
王でさえできないことだった。

王は飛べない空を作った原因の一つであり
今なお毒を吐き続ける ヒトの作り出した
忌まわしい建造物を封じる以外には
少年を救えないと判断し 同胞の中から
帰ることの出来ない旅に出る仲間を選んだ。

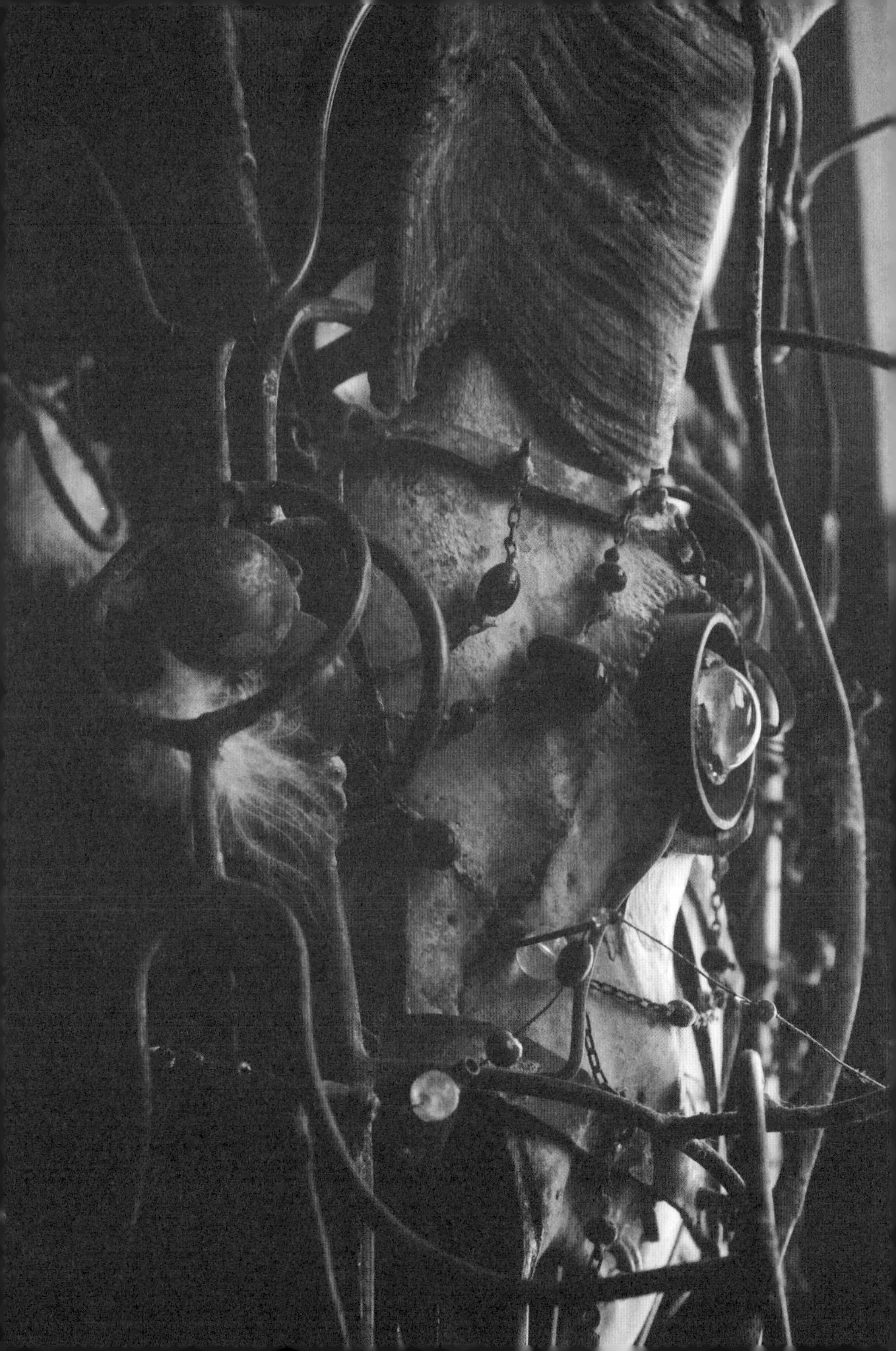

運ばれた478の同胞はそれぞれに
身を守るための防具をつけ
毒を吐き続ける建造物を
攻撃するだろう。

その周囲のすべてが飛べない空であり
羽が動かなくなるまでのわずかな時間のなかで
最初で最後の攻撃は行われるであろう。

鳥の王は先頭に立ち同胞を従えて
黄昏の空を舞うだろう。

少年は久々に空を舞う鳥の大群に歓喜し
その声に合わせて唄うだろう。

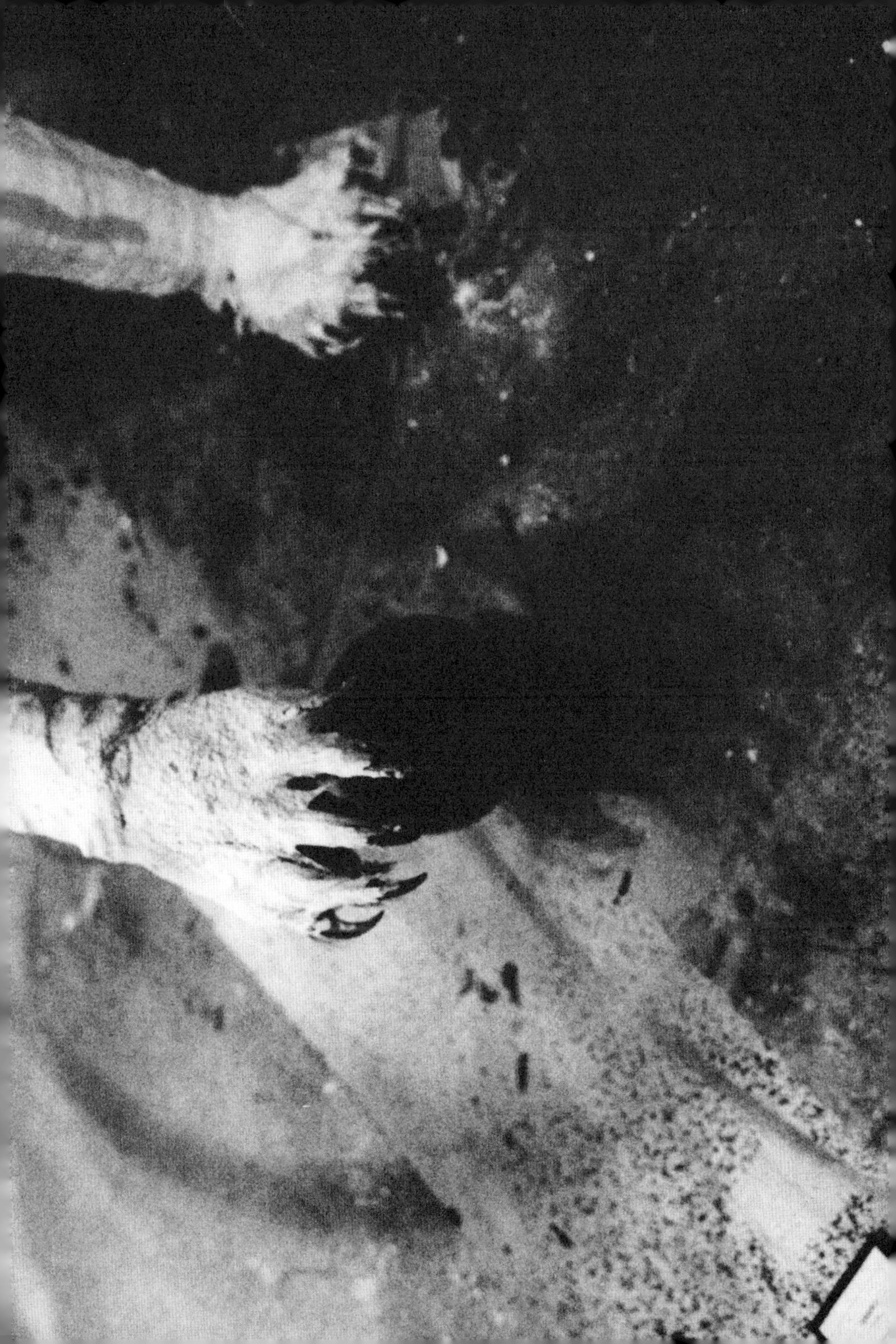

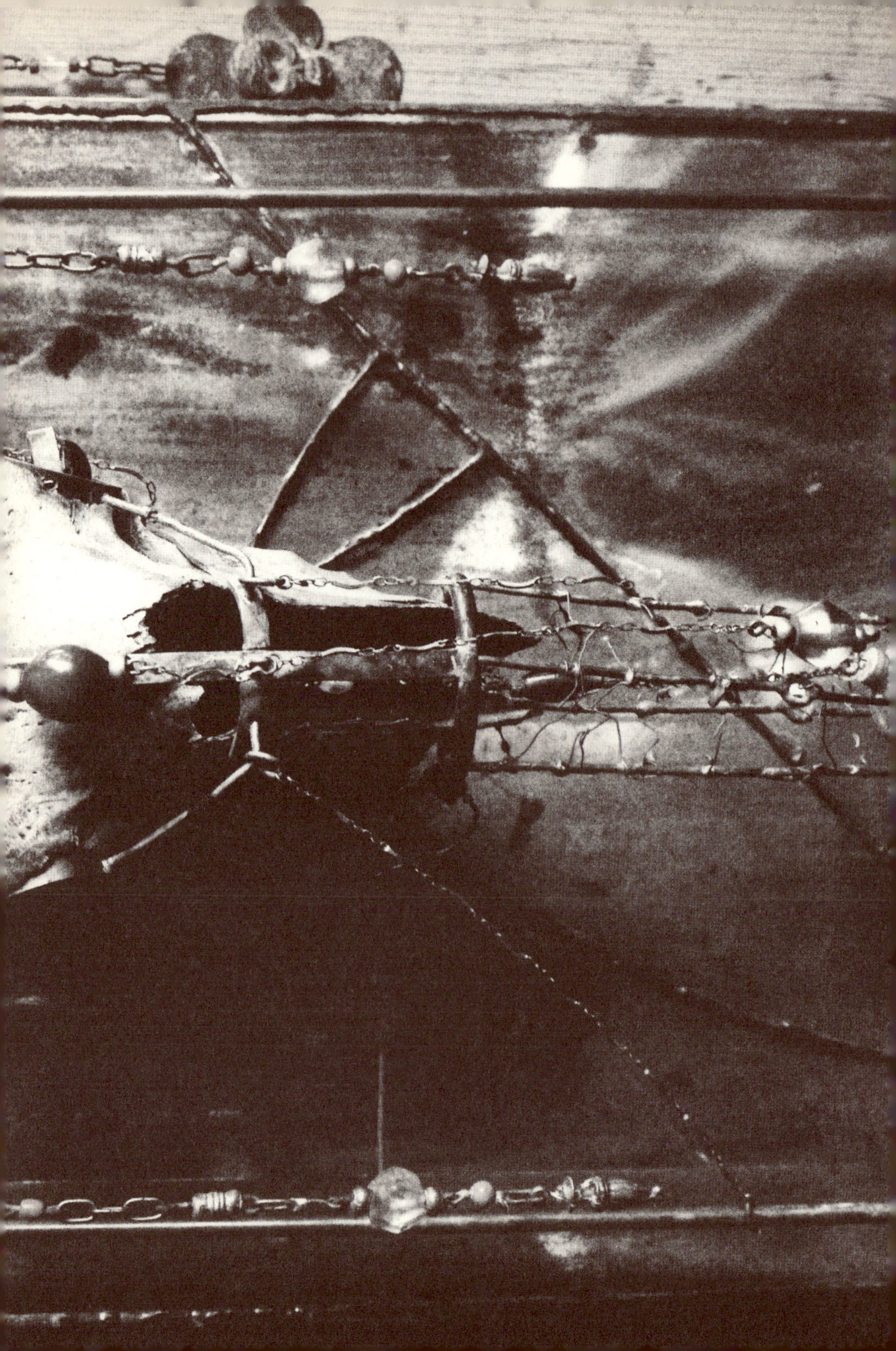

地上にただ張り付いているだけの人類は恐怖し
鳥の大群がベントに突っ込み熱の排気を不可能にし
炉が溶解して床や壁を溶かすのを見守るだけだった

やがて大きな爆発が起こって
何もかもが塵や瓦礫となったが
それでも鳥の王はまだ生きていて
その随分後になってようやく
わずかに生き残ったヒトの手で
回収された。

ヒトの文化や技術の多くは爆発によって失われていたが
それでも残されていた古代の技術で鳥の王を封印すると
ヒトは緩やかに滅びていった。

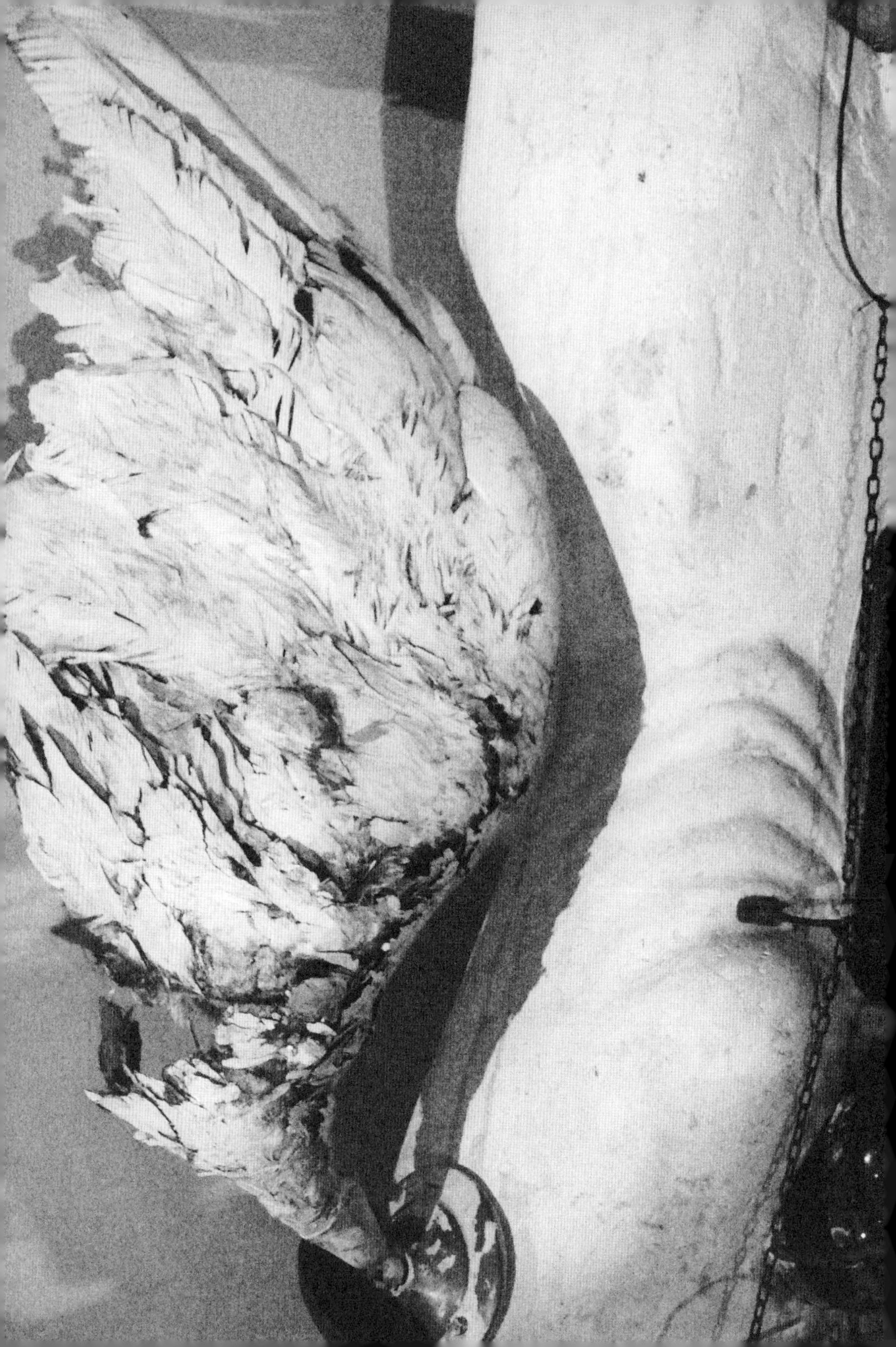

凍てついた空の向こうには
王によって残された多くの鳥が
なんとか生き残っていたが
それでもその空から出ることは
できないままだった。

鳥の王は封じられたまま少年のことを
思い出そうとしたが　今は姿カタチさえ
思い出せなかった。

きっと　もう一度会えるまで死ねないのだろう

王はそう信じていてそう考えられることは
王にとっての救いでもあった。

少年は500年程を経過したころ
ようやく塵と泥のなかから蘇生した。

それから140年程をかけて
塵と瓦礫の下に埋もれていた
鳥の王を探し出した。

でも王は死んでいないというだけで
もうなにも理解できなかった。

彼は死骸より哀れな存在であり
死による休息さえ許されなかったのだ。

少年はどうしても取り外すことのできない封印の上から
持っていた楽器を取り付け
王のように唄うことで
ようやく王の目指した目的の地を理解し
そのまま王と一緒に凍てついた空を目指した。

そこにまだ同胞がいると信じ
そこへ王を帰すために。

王と一緒になった楽器を奏で
少年はかつての王のように唄いながら
いつ終わるとも知れない長い旅を続けた。

それは辛くて大変な旅路だったが
少年も王もとても幸せだった。

王が鳥という種が生み出した
救世主であるように
少年もまたヒトという種が生み出した
救世主だったのだ。

だが　ヒトの眼には彼の姿が映らず
少年を理解できたのは
鳥だけだったのだ。

それはヒトにとって不幸と言う以外にはなかった。